U0009849

入 冬 前 的 楓 葉 信

文‧圖／菊地知己　　譯／米雅

有信唷！
有信唷！

是一封
楓葉信唷！

哎呀！老鼠，
你在這兒啊！
對面那座山來了一封信唷！

啊！ 是楓葉信！
要下雪了嗎？
我們這座山裡是不是也有楓葉呢……
嗯！ 我去找找看好了。
畫眉鳥， 謝謝你！

啊ㄚ！
紅ㄏㄨㄥ紅ㄏㄨㄥ的ㄉㄜ， 紅ㄏㄨㄥ紅ㄏㄨㄥ的ㄉㄜ，
就ㄐㄧㄡ是ㄕ它ㄊㄚ！ 就ㄐㄧㄡ是ㄕ它ㄊㄚ！
找ㄓㄠ到ㄉㄠ了ㄌㄜ！
耶ㄧㄝ──

哎呀，原來是蘑菇！我搞錯了。
松鼠，你在這兒啊！
不好意思，打擾你吃松果。
不過，請幫個忙吧！

啊！是楓葉信！
要下雪了嗎？
我想起來了，我在那邊的樹上看過紅紅的東西唷！
老鼠，要不要一起過去看看？

你看！
在那裡！在那裡！
——紅紅的！

就是它，
就是它！
耶——

哎呀，是茶花！又搞錯了。
棕耳鵯，你在這兒啊！
不好意思，打擾你品嚐花蜜。
不過，請幫個忙吧！

啊！是楓葉信！
要下雪了嗎？
我在對面的樹上看過紅紅的東西唷！
老鼠、松鼠，要不要一起過去看看？

你ㄋㄧˇ們ㄇㄣ看ㄎㄢˋ！
在ㄗㄞˋ那ㄋㄚˋ裡ㄌㄧˇ！
在ㄗㄞˋ那ㄋㄚˋ裡ㄌㄧˇ！
紅ㄏㄨㄥˊ紅ㄏㄨㄥˊ的ㄉㄜ˙！

耶——
就是它，
就是它！

哎呀，是莢蒾的果實啦！又搞錯了。
松鼠和棕耳鵯講的都不對。
好，那我們去倒下來的那棵樹附近看看吧！
別再吃嘍。

你們看！ 有了！ 那邊紅紅的！ 紅紅的唷！

我ㄨㄛ聽ㄊㄧㄥ見ㄐㄧㄢ了ㄌㄜ唷ㄧㄛ！
在ㄗㄞ哪ㄋㄚ裡ㄌㄧ？ 在ㄗㄞ哪ㄋㄚ裡ㄌㄧ？
出ㄔㄨ來ㄌㄞ啊ㄚ！ 快ㄎㄨㄞ出ㄔㄨ來ㄌㄞ啊ㄚ！

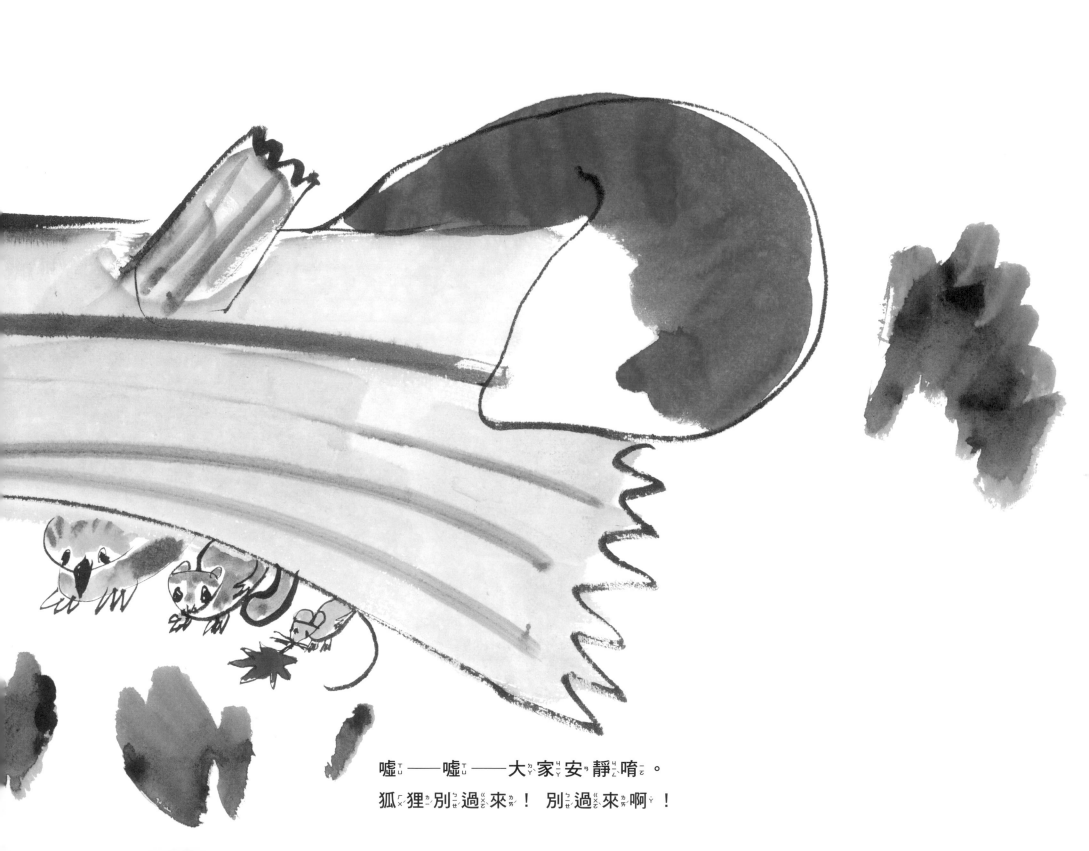

噓ㄒㄩ——噓ㄒㄩ——大ㄉㄚ家ㄐㄧㄚ安ㄢ靜ㄐㄧㄥ唷ㄧ。
狐ㄏㄨ狸ㄌㄧˊ別ㄅㄧㄝˊ過ㄍㄨㄛˋ來ㄌㄞˊ！ 別ㄅㄧㄝˊ過ㄍㄨㄛˋ來ㄌㄞˊ啊ㄚ！

啊——嚇死了。

這裡找、那裡找，都不對、都不對。

難道我們這座山裡沒有楓葉嗎？

楓葉！

那邊也有！

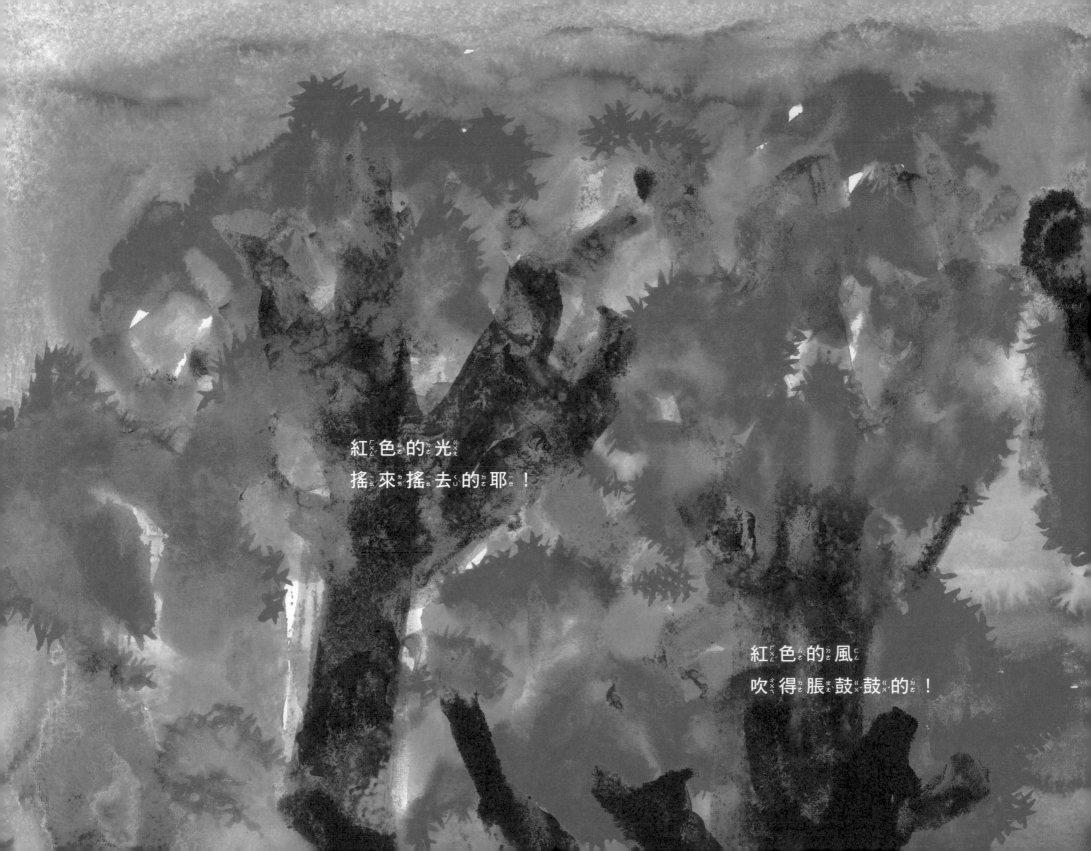

紅色的光
搖來搖去的耶！

紅色的風
吹得脹鼓鼓的！

我聽見
紅色的聲音唷！

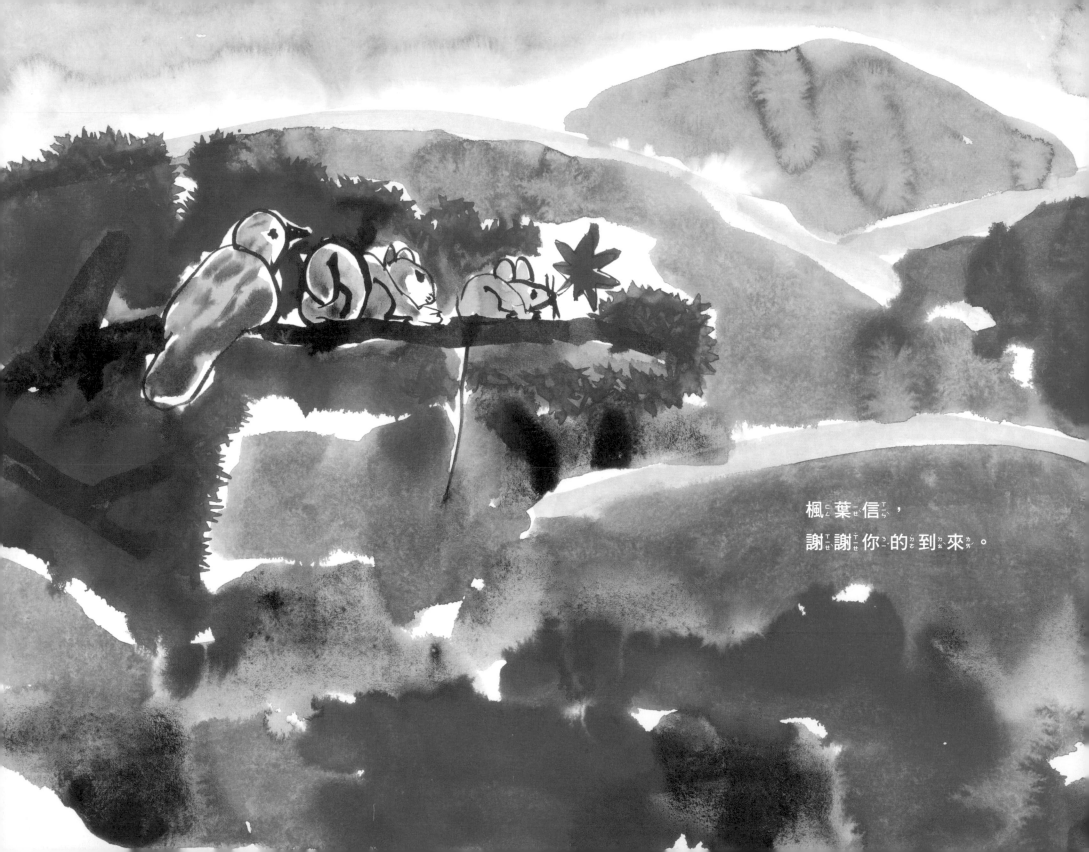

楓葉信，
謝謝你的到來。

謝謝你
通知我們，

得準備好迎接雪了，
得準備好迎接雪了。

作繪者介紹

菊地知己（きくちちき）

1975 年出生於北海道，繪本創作者。
2012 年以《白貓黑貓》（拾光）出道成為繪本創作者，該作榮獲 2013 年布拉迪斯國際插畫雙年展金蘋果獎。繪本代表作包括：《是我唷！是我唷！》（理論社）、《1、2、3》、《小虎的禮物》（繪本屋看守人公司）、《貓的天空》（講談社）、《雪》（Holp 出版）、《啪～歐～啵小象之歌》（佼成出版）、《來爬爸爸山》（文溪堂）、《虎之子小虎》（小學館）等。

譯者介紹

米雅

插畫家、日文童書譯者。代表作有：《比利 FUN 學巴士成長套書》（三民）、《小鱷魚家族：多多和神奇泡泡糖》、《你喜歡詩嗎？》（小熊）等。
更多訊息都在「米雅散步道」FB 專頁及部落格：
miyahwalker.blogspot.com/

入冬前的楓葉信

文‧圖／菊地知己　譯／米雅

步步出版

執行長兼總編輯／馮季眉　責任編輯／徐子茹　編輯／陳奕安、戴鈺娟、陳曉慈　美術設計／張簡至真

讀書共和國出版集團

社長／郭重興　發行人暨出版總監／曾大福　業務平臺總經理／李雪麗　業務平臺副總經理／李復民
實體通路協理／林詩富　海外暨網路通路協理／張鑫峰　特販通路協理／陳綺瑩
印務協理／江域平　印務主任／李孟儒

出版／步步出版　發行／遠足文化事業股份有限公司
地址／231 新北市新店區民權路 108-2 號 9 樓　電話／02-2218-1417　傳真／02-8667-1065
Email ／ service@bookrep.com.tw　網址／ www.bookrep.com.tw
法律顧問／華洋國際專利商標事務所‧蘇文生律師　印刷／通南彩色印刷有限公司
初版／2021 年 10 月　定價／350 元　書號／ IBSI1074　ISBN ／ 978-986-06895-2-5

Momiji no Tegami
Copyright © 2018 by Chiki Kikuchi
First published in Japan in 2018 by Komine Shoten Co., Ltd., Tokyo
Traditional Chinese translation rights arranged with Komine Shoten Co., Ltd.
Through Japan Foreign-Rights Centre/Bardon-Chinese Media Agency

特別聲明：本書僅代表作者言論，不代表本公司／出版集團之立場。